L'INVASION

1792 — 1870

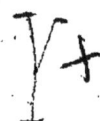

FRÉDÉRIC DAMÉ

L'INVASION

1792 — 1870

PARIS

ALPHONSE LEMERRE, ÉDITEUR

47, PASSAGE CHOISEUL, 47

—

1870

L'INVASION

1792 — 1870

I

C'était un soir d'hiver. — J'avais treize ans alors.

Il faisait froid. Le vent gémissait au dehors

Et la neige tombait épaisse. Près de l'âtre,

Songeurs, les doigts tendus vers la flamme bleuâtre,

Ma mère, mon grand-père & moi, nous écoutions

La nature se tordre en ses convulsions.

Ma mère peu à peu s'assoupit. Mon grand-père,

L'œil fixé devant lui, silencieux, sévère,

Semblait prêter l'oreille à quelque bruit lointain.

Dormait-il? — Rêvait-il? — Je ne sais... Mais soudain,

Redressant son grand corps un peu courbé par l'âge

Et retournant vers moi son fier & doux visage,

Presque transfiguré, superbe, triomphant,

D'une voix qui tremblait il me dit :

         « Mon enfant,

Nous étions en l'an mil sept cent quatre-vingt-douze.

J'habitais un hameau, du côté de Mulhouse,

Avec ma mère, seul, car mon père était mort.

Et nous vivions ainsi, contents de notre sort.

J'avais vingt ans. J'étais à cet âge où tout vibre

En notre être, où le cœur s'ouvre joyeux & libre.

Un jour, un bruit, parti du fond de l'horizon,

S'en vint jeter l'effroi dans notre humble maison :

« Fuyez!... les Prussiens envahissent nos plaines!... »

A ce cri tout le sang se glace dans nos veines ;

Mais une voix répond : « La Patrie en danger!...

Ouvriers, paysans! debout pour la venger!... »

Alors oubliant tout, la faim & la souffrance,

D'un seul élan, d'un bout à l'autre de la France,

Un peuple de héros, sans souliers & sans pain,

S'élance à la frontière en se donnant la main.

Tous s'armaient & partaient : le fils avec le père,

Et jusques aux vieillards rajeunis par la guerre.

Ma mère pâlit. Moi, je me sentis frémir ;

J'aurais voulu rester & je voulais partir.

Mais elle résistait & me disait : « Demeure !

Dis? voudrais-tu par ton départ avancer l'heure

De ma mort? Je suis vieille et j'ai besoin de toi ! »

Je lui répondais : « La France a besoin de moi ! »

Vainement... Quand un jour, — nous étions sur la porte, —

Voilà que tout à coup la brise nous apporte,

Grossi par les échos des forêts d'alentour,

L'air d'un hymne inouï de fureur & d'amour.

Les voix montaient dans l'air qui vibrait, troublant l'âme.

C'était d'abord l'accent attristé d'une femme ;

Disant, dans un baiser, au fils qui va partir,

Que ceux-là seuls sont grands qui savent bien mourir ;

Puis le cri d'un guerrier debout dans la bataille,

Agitant son drapeau troué par la mitraille.

C'était la voix des morts, des martyrs, des héros,

Contre la tyrannie envoyant leurs sanglots.

C'était la Liberté sortant de la fournaise.

C'était... je ne sais pas... c'était la Marseillaise !...

J'écoutais, haletant & sans voix, transporté,

Ces chants qui me criaient : Vengeance et Liberté!

Mon cœur battait. Des pleurs me brûlaient la paupière,

Quand ma mère me dit : « Mon fils, à la frontière!

Écoute! La Patrie appelle ses enfants.

Il faut vaincre ou mourir. Revenez triomphants.

Pars, mon fils adoré, mon bien, mon espérance;

Le sang que tu me dois, tu le dois à la France.

Adieu!... » Je l'embrassai. Je lui dis : — au revoir!

Et puis je suis parti, comme tombait le soir.

Je marchais en chantant dans la nuit enflammée,

Fiévreux. Cinq jours après j'avais rejoint l'armée.

Le lendemain matin nous battions l'ennemi.

Souviens-toi de ces noms : Jemmapes & Valmy!

Grave-les, mon enfant, au fond de ta mémoire;

Qu'ils n'en sortent jamais. C'est là que la Victoire,

Guidant nos étendards & réchauffant nos cœurs,

Nous donna d'écraser tous les envahisseurs.

C'est que nous combattions pour une cause chère;

C'est que chacun de nous défendait une mère,

Une épouse, une sœur, le foyer, la maison

Où l'on reçut le jour & son coin d'horizon;

La Liberté, — beaucoup plus chère que la vie ; —
Enfin, par-dessus tout, le sol de la patrie !... »

C'est ainsi qu'il parla de sa voix qui tremblait.
Ma mère, qui s'était éveillée, écoutait.

Lorsque l'aïeul se tut, elle me dit : « Mon ange !
Si quelque jour, tu sais ? par un hasard étrange,
Ton pays se trouvait envahi, menacé ;
Si l'étranger venait, après t'avoir chassé,
S'asseoir à ton foyer, mon enfant, prends tes armes.
Laisse, laisse ta mère en proie à ses alarmes
Et cours sous les drapeaux défendre ton pays !... »

II

Ces jours-là sont venus, ces jours trois fois haïs !
Des hordes de Germains ont franchi nos frontières.
Levons-nous, armons-nous, ainsi qu'ont fait nos pères.
Ils ont vaincu. Soyons vainqueurs à notre tour !...

Écoutez! écoutez! — C'est le son du tambour.

Aux Prussiens vainqueurs qui dévastent nos plaines

Opposons un rempart de poitrines humaines.

Levons-nous! Que le sol s'entr'ouvre sous leurs pas.

Ils sont chez nous, eh bien! ils n'en sortiront pas!...

Avec nous aujourd'hui la fortune conspire.

Ils n'ont plus devant eux les soldats de l'Empire.

L'Empire est mort, noyé dans la boue & le sang!

Ce qu'ils ont devant eux, c'est Paris renaissant,

C'est la France, c'est nous, fils de la République,

Qui prenons pour drapeau les plis de sa tunique.

Les temps sont arrivés. Debout & haut les cœurs!

Être républicains c'est presque être vainqueurs.

Debout! Elle a sonné l'heure de délivrance,

Et la France n'a pas cessé d'être la France.

République, elle t'aime & n'espère qu'en toi

Et, lasse des tyrans, elle reprend ta foi.

Oui! nous avons repris la Foi républicaine,

Celle qui donne au cœur la force surhumaine

Et fait qu'on accomplit l'impossible & qu'on met

Sans trembler les deux pieds sur le plus haut sommet;

La Foi qui rajeunit, élève et régénère,

Qui redresse les fronts inclinés vers la terre

Et nous montre du doigt, au fond du ciel vermeil,

Se lever l'Avenir, éblouissant soleil.

Le culte des vertus, des croyances antiques,

Oui, nous l'avons! Oui! nous sommes les fanatiques

De ces dieux tout-puissants qu'on nomme Vérité,

Droit, Justice, Devoir, Patrie et Liberté!

Ces dieux-là sont nos dieux, nous n'en voulons pas d'autres.

De ce culte nouveau nous sommes les apôtres.

Devant nos bataillons hésitants je les vois,

Agitant nos drapeaux glorieux, et leur voix

Vibrante, formidable, au sein de la fumée,

Appelant la Victoire, électrise l'armée.

D'un côté c'est la Force, et de l'autre le Droit.,

Là-bas, c'est l'esprit faux; — ici, c'est le cœur droit;

Là-bas, c'est le mensonge; — ici, la vérité;

Là-bas, la tyrannie ; — ici, la liberté.

Nous sommes le progrès ! Ils sont la barbarie.

Ils souillent vainement le sol de la patrie ;

Je l'entends sous leurs pas, comme un volcan frémir

Et craquer. Ils s'entr'ouvre. Il va les engloutir !...

Quoi ! vous avez pu croire un instant que la France, —

Après vingt ans de deuil, de honte et de souffrance,

Qui venait, dans un jour de suprême douleur,

De jeter bas d'un coup l'empire & l'empereur,

Et de reprendre enfin ses grandes destinées,

En des mains viles trop longtemps abandonnées, —

Perdrait toute pudeur & serait lâche assez

Pour se mettre à genoux devant vous ?... Insensés !

Prêtez l'oreille au vent. Écoutez ! Le flot monte.

C'est la France qui vient, elle que rien ne dompte,

Elle qui n'a jamais désespéré. Son jour

De triomphe est venu. Tremblez à votre tour !...

O République sainte, ô sainte Marseillaise,

Vous qui dans ses splendeurs vîtes quatre-vingt-treize,

Qui d'un souffle viril poussant les bataillons,

Faites des vieux drapeaux frissonner les haillons,

C'est en vous aujourd'hui que notre espoir repose.

Faites-nous triompher, défendant votre cause.

Pour moi, peuple allemand, je crois en mon pays,

Je l'aime et j'ai vingt ans. C'est pourquoi je vous dis :

En vain dans le tombeau vous le feriez descendre ;

En vain on scellerait la pierre sur sa cendre,

Et près d'elle un soldat, sabre au poing, veillerait,

Le troisième jour la pierre éclaterait !....

Paris, septembre 1870.

Achevé d'imprimer

LE 25 DÉCEMBRE MIL HUIT CENT SOIXANTE-DIX

PAR J. CLAYE

POUR A. LEMERRE, LIBRAIRE

A PARIS

36

www.ingramcontent.com/pod-product-compliance
Lightning Source LLC
Chambersburg PA
CBHW061527170626

46811CB00004B/1876